IMPRESSIONS DU MOMENT

ÉDOUARD CAVAILHON

IMPRESSIONS DU MOMENT

POÉSIES

PARIS

E. DENTU, LIBRAIRE-ÉDITEUR,

Palais-Royal, 17 et 19, galerie d'Orléans.

1879

ÉDOUARD CAVAILHON

IMPRESSIONS
DU MOMENT

POÉSIES

PARIS

E. DENTU, LIBRAIRE-ÉDITEUR.

Palais-Royal, 17 et 19, galerie d'Orléans.

1879

IMPRESSIONS

DU MOMENT

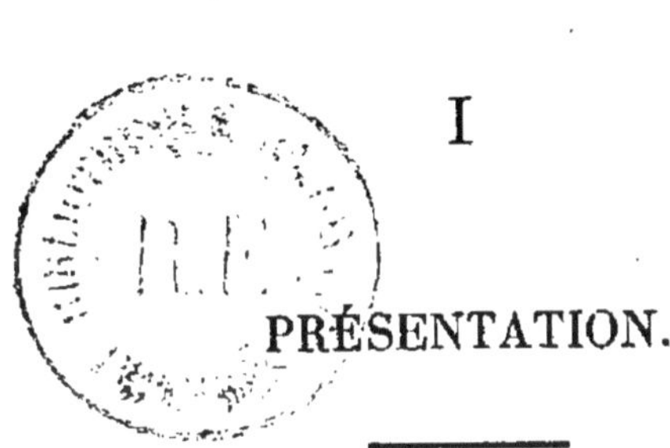

I

PRÉSENTATION.

Mesdames et messieurs, l'auteur vous en supplie,
Ne voyez dans ces vers au jour le jour écrits,
Suivant l'impression ou bien la fantaisie
Du moment et du cœur, que les douloureux fruits

De rêves inscients, la mobile pensée
Et l'inspiration d'un esprit tourmenté.
De douleurs, de plaisirs sa coupe est épuisée :
C'est qu'il a ressenti tout ce qu'il a chanté.

Il faut être clément, pardonner au poëte
Des accents variés en ses productions.
Qu'il célèbre l'amour, quand sa muse est en fête,
Quand son cœur est vibrant de folles passions.

Lorsqu'elle râle ou meurt qu'il chante la patrie !
Ses vers relèveront l'abaissement des cœurs.
Bien que de notre temps la guerre semble impie,
Elle règne : il est bon d'exalter les vainqueurs.

Puisque Victor Hugo le grand, l'immortel maître,
A chanté Bonaparte, encensé les Bourbons
Et qu'il donne aujourd'hui, toujours reflet peut-être,
Son souffle populaire à d'autres horizons,

Il faut que dans la voie, où je veux apparaître,
Je change mes accents suivant l'heure ou le lieu.
S'il est persécuté, je défendrai le prêtre ;
S'il est persécuteur, je maudirai son Dieu.

Mais qu'on ne vienne pas me redemander compte
De telle opinion hasardée un seul jour.
C'est le cri du moment que le poète conte,
Blasphème le matin et le soir tout amour.

Il doit être toujours comme une sensitive
Pour rester imagé, mordant, pour être vrai ;
Qu'on me pardonne donc cette furie active,
Haute folie, et dont peut-être je mourrai.

II

ARMAND SILVESTRE.

———

Son vers est distingué, bien qu'un peu réaliste.
Il semble un néo-grec égaré parmi nous ;
Amoureux de l'antique, il est presque puriste.
Ses stances sonnent bien et leur son frappe doux.

Son inspiration éclate à chaque page ;
Toujours souple est son vers, car poète il est né,
Mais il aime la forme, et dans l'Aréopage,
Ayant voix au chapitre, il eût absous Phryné.

Il fraye son chemin au-delà la limite
Du sentier convenable ou plutôt convenu,
Et je demande ici que tout homme l'imite
Qui veut être sacré poète, car le nu

Dans les poèmes vrais est mille fois plus chaste
Que ces sous-entendus graveleux, employés
Par la prose cherchant le succès dans la caste
Des bourgeois, tous ribauds, ou des viveurs blasés.

Ses accents les plus beaux sont dans le cri : Je t'aime !
C'est la note du cœur qui domine chez lui.
Il souffre de ce mal, mais le chérit quand même ;
Hier il le maudissait, il le vante aujourd'hui.

III

A Mlle J. DE RESZKÉ ,

Après l'avoir entendue dans le 4e acte des *Huguenots.*

Quand le feu de l'amour dans ton œil étincelle ,
C'est un rayon divin de céleste bonheur.
Qu'il meure ce Raoul, l'aveugle ou l'infidèle,
Qui ne sait pas ouïr les élans de ton cœur.

Dans ce rôle combien je t'aime, Valentine !
J'ai le droit de le dire ici sans nul détour,
Ivre de passion , puisque ta voix divine
M'appartient comme à tous dans ce duo d'amour.

Chez toi tout éblouit : la beauté sculpturale,
Le charme de naissance et la séduction
Que donne le talent, la fougue théâtrale,
Feu sacré du génie, idéal horizon.

De longs enchantements ton jeu semble une mine.
Dans la foule perdu je t'admire à genoux.
Ne t'en irrite pas, le respect me domine ;
Etre adorée ainsi ne peut être que doux.

D'aucune illusion mon désir ne rayonne.
Je sais que le théâtre est ton unique amant,
Je sais que du grand art tu sembles la madone
Et que ton cœur ne veut s'éveiller qu'en chantant.

Je sais que tu mourrais comme la blanche hermine,
Plutôt que de quitter le sentier de l'art seul,
Qui te garde sans cesse ainsi que l'étamine,
De la rose berceau d'abord, et puis linceul.

Comme la Consuelo de la femme-poète
Qu'on nomme Georges Sand dans l'immortalité,
Tu ne veux ici-bas, pour triomphe et pour faîte,
Que le chant. Honneur donc et gloire à ta fierté !

IV

LES MARCHANDS ET LE POÈTE.

Sonnet.

Pour eux, il n'est qu'un dieu : le veau d'or et d'argent.
La probité n'est plus qu'une image éphémère ;
La vertu n'est qu'un nom, et l'homme sur la terre
Semble juste toujours, quand il est tout puissant.

Qui donc éveillera le souffle bienfaisant ?
Qui saura mettre un frein au courant délétère
En chantant l'idéal, seul but qui régénère
Les peuples énervés sous le sordide accent

Des intérêts brutaux et la cupide route
De nos jours indiquée au jeune homme, à l'enfant ?
Qui ?.. le poète seul, car ce rôle est si grand

Qu'on ne peut l'aborder sous l'étreinte du doute.
Pour le mener à bien il faut l'illusion
Et des chemins ingrats la folle passion.

V

LE VAISSEAU NOIR.

Légende maritime.

Le vaisseau noir, *la Belle-Hélène,*
Renferme mille garnements.
Lorsqu'Eilema leur capitaine,
Ruisselante de diamants,
Apparaît blanche souveraine,
Tout tremble à ses commandements.

Une frêle femme commande
    A ces hommes de fer.
Sur un signe, toute la bande
Triomphe ou meurt sans hésiter.

Il faut la voir dans la bataille,
Son œil est partout à la fois.
L'on aperçoit grandir sa taille ;
Rien ne peut dominer sa voix.
Le fier navire qu'on mitraille
Est bientôt réduit aux abois.

L'orage sillonne la nue,
La tempête mugit, le vent
Eteint les feux! Quand, tête nue,
Elle apparaît en souriant,
A sa voix ferme, bien connue,
Tout cède par enchantement.

Bien que le sourire rayonne
Dans son œil, il reste d'acier.
Son glaive fulgurant ne donne
Aux vaincus jamais de quartier.
Tigresse, plutôt que lionne,
Le faible ne peut l'apaiser.

Lorsque vient le temps de l'orgie,
En récompense des grands coups,
Elle veille, comme une amie,
Sur ses agneaux devenus loups,
Et nul n'ose sonder sa vie,
Nul des plus ivres, des plus fous.

Sa cabine est un monastère !
Aucun homme ne rôde autour.
Pourquoi fuit-elle ainsi la terre ?
Est-ce par haine ou par amour ?
C'est son secret, et ce mystère
Ne sera jamais mis au jour.

Une frêle femme commande
    A ces hommes de fer.
Sur un signe, toute la bande
Triomphe ou meurt sans hésiter.

VI

L'ALMÉE ET LE POÈTE.

Vous êtes seule souveraine
    En mon cœur
A mes vœux soyez moins hautaine...
    L'amour, c'est le bonheur.

Avez-vous dans votre journée,
En vous distrayant loin de moi,
Un seul sourire, une pensée,
Pour mon fol amour, pour ma foi?
Mon cœur tressaillerait d'ivresse,
Si je pouvais croire cela.
Le seul espoir que je caresse,
Ma vie et mon bonheur sont là.

Quand vous triomphez au théâtre,
Je suis heureux de vos succès,
Et lorsque, coquette ou folâtre,
Bacchante, à nos yeux embrasés
Vous livrez votre corps de neige,
Je vous admire à deux genoux.
Que d'autres vous fassent cortége,
Je ne suis point amant jaloux.

Mon amour n'est pas égoïste.
J'aime à vous voir prendre plaisir
A ce banquet, où chaque artiste
Chante sans souci d'avenir.
Mais pour moi tous les jours de fête
Seraient des jours d'affliction,
Si vous repoussiez le poète...
Loin des yeux, loin du cœur, dit-on.

Vous êtes seule souveraine
    En mon cœur.
A mes vœux soyez moins hautaine...
    L'amour, c'est le bonheur.

VII

A MON CAMARADE ET AMI O. DE FOURTOU.

Sonnet.

Je veux te rappeler nos beaux jours de jeunesse,
Nos luttes de collége et nos rivalités,
Nos projets pour la vie en rêves emportés
Dans le plat tourbillon du monde qui s'empresse,

Autour de ta fortune et dont l'ardeur caresse,
Calculant l'avenir, des postes enviés.
S'ils ne sont pas encor de ton cœur envolés,
Ces premiers souvenirs, si, comme une caresse,

Ils viennent te sourire en tes moments perdus,
Ecoute cet écho d'une voix qui n'est plus.
Il se nommait Audic, notre censeur austère,

Etait voyant et nous prenait tous pour ses fils.
Tes accès à l'Etat par lui furent prédits,
Tandis qu'il me vouait à l'art... folle carrière !

VIII

DOUTE D'AMOUR.

———

Hélas ! combien d'autres près d'elle
Sont dignes d'un meilleur accueil.
Je n'ai qu'un cœur aimant, fidèle ;
Mon esprit souvent est en deuil.
Ils ont, ces heureux ! la richesse,
Miroitante séduction ;
Ils ont aussi plus de jeunesse,
Moins d'amour, moins d'émotion.

Je l'aime, mais sans espérance !
Je lis dans son œil la pitié
Pour ma douleur, pour ma constance,
Mais pas de feu. Son amitié,
Son estime seraient sans doute
Des biens enchanteurs et précieux,
Mais du bonheur la seule route
C'est son amour, rêve des cieux.

Souffrir pour moi, c'est l'espérance,
C'est l'avenir qu'il faut rêver.
Ce n'est qu'enivré de souffrance
Que le poète sait chanter.
Sans les affres du cœur, ma vie
Serait inféconde ici-bas.
Cette douleur, on te l'envie,
Poète, ne te plains donc pas.

IX

ESPOIR D'AMOUR.

La souffrance vite s'oublie.
Comme le soleil d'un beau jour
Vient après l'orage, ta vie
Peut rayonner d'azur, d'amour,
Si tes accents touchent son âme,
Si tes vers enivrent son cœur.
Espère, un sourire de femme
Est l'aurore de tout bonheur.

L'argent perd toute sa puissance
Près de cette nature d'or,
Je le sais ; c'est mon espérance
Et je puis la revoir encor.
Mais de grâce, ô ma douce almée,
Tourne vers moi ton œil brûlant,
Et que ce soir ta main pâmée
Presse ma main un seul instant.

Alors viendront les heures folles
De rêverie à tes genoux,
D'étreinte ardente sans paroles,
De baisers chaque soir plus doux.
Du bonheur nous fîmes le stage :
Tu peux m'enivrer dans tes bras,
Sans peur que jamais nul orage
N'éclate sur nous ici-bas.

X

A. PÉRIVIER,

Secrétaire de la rédaction au *Figaro*.

—

Acceptez cette dédicace
D'un travailleur de bon aloi.
J'ai déjà dans une préface,
Avec le calme de la foi,

Demandé pour la poésie
Votre haute hospitalité ;
Ce n'est que l'œuvre du génie
Que je voudrais voir édité

Dans vos colonnes partout lues :
Je ne prêche donc pas pour moi.
Le prosaïsme court les rues ;
Sans hésiter et sans effroi,

Opposez une saine digue
A cette école sans espoir,
Sans idéal, et qui ne brigue
Que des succès sombres à voir.

Soyez assuré que ce règne
Est malsain et ne peut durer.
Qu'un jour le poète l'étreigne,
Et la France va s'éveiller.

XI

ARTISTES ET FOURNISSEURS.

Sonnet.

D'un côté l'idéal et le réel de l'autre.
Les rôles sont distincts. L'artiste plane au ciel
Malgré sa pauvreté. Le fournisseur se vautre
Dans l'effluve de l'or, séduisant, mais mortel.

Radieux, le poëte, en son rôle d'apôtre,
Resplendit à sa mort dans un règne éternel.
C'est le juste retour des mécomptes, du fiel,
Déversés ici-bas sur lui par l'un ou l'autre

De ces sots envieux qui trônent en bourgeois ;
Ames basses toujours, criminelles parfois,
Profitant sans pudeur de l'humaine faiblesse,

Alors même qu'il faut ou tromper ou faillir ;
Sombres vautours humains que l'argent mène en laisse
Et qui ne laisseront pas même un souvenir.

XII

LA FANTAISIE.

V ous l'aimez bien la fantaisie,
Qui nous arrive comme un jet,
Dédaignant la route suivie,
Ne cherchant jamais son sujet.

Elle est d'essence snrhumaine,
Puisqu'elle vient sans y penser,
Puisque son champ et son domaine
N'ont jamais pu se limiter.

Un rien l'abat, un rien l'enflamme,
C'est une caresse du cœur,
Comme un doux sourire de l'âme,
Un feu follet, mais plein d'ardeur.

Né d'un caprice, son empire,
Comme celui de la beauté,
Donne l'ivresse et le délire
Dans une ardente volupté.

Mais puisque les célestes causes
Ici-bas ne sauraient primer,
Ainsi qu'on respire les roses,
Il faut sans bruit la savourer.

XIII

HEUR ET MALHEUR.

—

De mon âme combien folle était l'espérance.
Tu m'accueillis un jour, mais ce demi-bonheur
N'a fait que déchaîner un torrent de souffrance
Et comme un Océan de lugubre douleur.

Il faut que tes baisers viennent sécher mes larmes,
Ou crains que mon amour ne survive à ma mort,
Et que mon souvenir te poursuive en alarmes
Jour et nuit, en regrets cruels que rien n'endort.

Il faudra, malgré toi, que ta froideur estime
Les trésors de mon cœur, quand tu ne m'auras plus.
Tes dédains ont creusé sous mes pas un abime;
Comme la mer changeante, ils auront leur reflux,

Et peut-être qu'un soir, soit regret, soit caprice,
Tu voudras te bercer triomphante en mes bras.
Il ne sera plus temps : mon dernier sacrifice
Est fait. Passé demain, je ne te verrai pas.

Qu'entends-je ?.. C'est l'accent de sa voix !.. Voudrait-elle
Me faire son élu ?.. Cet espoir est trop doux.
Est-ce un leurre nouveau ? La voici... C'est bien elle...
Que je voudrais ainsi mourir à ses genoux !

XIV

A MADAME D.....

Enfant, j'avais voulu trop tôt être jeune homme.
A cette passion qui toujours nous consomme
Ou nous meurtrit trop jeune, aux décevants amours,
Dès quinze ans je livrais mon cœur sans défiance.
Bientôt vint le dégoût, et la douce espérance
    Me quitta pour toujours.

Laure, tu me restais. A ta voix bienfaisante
Tout me devint espoir. Jamais d'aucune amante
L'accent suave et doux ne s'exhala vers moi
Plus suave d'amour, plus doux de poésie.
Sur mes jours attristés, tu versas l'ambroisie,
    Tu me rendis la foi !

Oh ! mille fois merci ! Par tes conseils de mère
Je restai jeune et fort ; je crois encor, j'espère.
Je le vois aujourd'hui, je le sens en mon cœur.
La vie est une mer où souffle maint orage,
Où surgit maint écueil, mais ce triste passage
    Mène au dernier bonheur.

XV

CONSOLATION.

—

A MADAME DE L...

—

> (S'il est des jours amers, il en est de si doux!)
> André Chénier.

Qu'as-tu dit, jeune femme? A ton âme ulcérée
Le bonheur n'est qu'un mot! Belle et tant désirée
    Quoi! tu voudrais mourir?
Tu souffres, je le sais, et mon âme chercheuse
Devine tes malheurs, mais, charmante rêveuse,
    Il faut savoir souffrir.

Tu passes morne, triste, et sans vouloir combattre,
Tu vis de ta douleur et te laisses abattre,
    Tu te plais à pleurer.

Lentement, Léonie, au calme l'on arrive.
La vie est un torrent dont le ciel est la rive,
  Sache le traverser.

Poëte par le cœur, tu ne sais plus sourire.
Tout plaisir te déplaît et ton âme soupire
  Les accents du malheur.
A nous autres plus forts laisse la poésie,
Faible femme, ici-bas, laisse-nous son génie....
  Il n'est pas le bonheur.

Dans les jardins du monde, ô fleur à peine éclose,
Veux-tu, reine flétrie aussitôt que la rose,
  Ne vivre qu'un printemps?
Oh! non. Reste avec nous; ne vas plus solitaire
Rêver à ta douleur, douleur imaginaire
  De pensers trop ardents.

XVI

UNE MÈRE A SON FILS.

ROMANCE (1).

—

Près d'entrer dans la vie, enfant chéri, redoute
 Ce qu'ici-bas on appelle l'amour.
Tu ne vois au début que des fleurs sur sa route...
 Prends garde, ami, tu pleureras un jour.

I

Dis-moi, ne vois-tu pas dans les flots, à la brune,
 Le soleil s'éclipser?
Ne vois-tu pas encor l'inconstante fortune
 Nous flatter et passer?

(1) Musique d'Edouard Cavaillon, orchestrée par
P. Bouillon.

Ainsi passe l'amour, folle fleur du jeune âge
Qui dure un seul matin.
Fuis enfant, fuis l'amour, la volupté volage :
Le malheur est sa fin.

II

Hélas ! je le sais trop, tout enivre à ton âge
En ces plaisirs trompeurs,
Et l'on ne veut pas voir sous cette douce image
Le mensonge des cœurs.
Mais du moins sois prudent et qu'une indigne flamme,
Presqu'à tes premiers pas.
Ne vienne point jeter son venin sur ton âme
Et ta vie ici-bas.

III

En ce monde, trop tôt tu me croiras sans peine,
Tout passe et rien n'est sûr.
Ce ruisseau que tu vois serpenter dans la plaine,
Si limpide et si pur,

Se ternira bientôt au creux de la vallée
Et deviendra bourbeux.
Ainsi trompe l'amour, et sa rose effeuillée
A fait deux malheureux.

Près d'entrer dans la vie, enfant chéri, redoute
Ce qu'ici-bas on appelle l'amour.
Tu ne vois au début que des fleurs sur sa route...
Prends garde, ami, tu pleureras un jour.

XVII

PRIÈRE D'AMOUR.

Enfant, rappelle-toi, qu'une âme de poète
Souffre, s'étiole et meurt d'un regard de dédain.
Aux funèbres pensers quand lord Byron s'apprête,
Une femme a sonné sa fin.

Quand Gérard de Nerval, notre voyant sublime,
Se tue, il a trouvé dans l'amour son malheur.
C'est la femme toujours qui creuse notre abîme,
Ou qui met notre route en fleur.

Lorsqu'Alfred de Musset vers la mort s'achemine
Par l'abus de l'absinthe et cent autres excès,
C'est qu'un chagrin d'amour invincible le mine,
C'est qu'en un soir paralysés

Son génie et son souffle ont perdu ce délire,
Ce céleste rayon dont un artiste vit.
Il fallait une amante aux cordes de sa lyre,
   Comme il faut un bourgeon au fruit.
. . . .

Comme le rossignol, en ce monde l'artiste
N'a plus qu'à s'en aller, lorsqu'il ne chante plus.
C'est mon dernier accent; prends-le, bien qu'il soit triste...
Des amants malheureux, pauvres vers, soyez lus.

XVIII

DÉSESPÉRANCE.

———

Lorsqu'on n'a plus rien dans la vie
Qui soit un espoir, un lien,
Vouloir vivre serait folie ;
La mort est le suprême bien.

En me lisant, donne un sourire
A ma mémoire, à mon amour.
Qu'importe que je sois martyre,
Puisque je fus heureux un jour ?

Ces vers que j'écris dans les larmes,
Qu'ils restent dans ton souvenir.
Ce dernier hommage à tes charmes,
En mourant je puis te l'offrir.

Je veux qu'on mette sur ma tombe
Fleurie, où parfois tu viendras,
Qu'à ton refus d'amour je tombe,
Mais que je vais t'aimer là bas.

Lorsqu'on n'a plus rien dans la vie
Qui soit un espoir, un lien,
Vouloir vivre serait folie;
La mort est le suprême bien.

XIX

Quid levius muliere ? Nihil.
(MARTIAL.)

SONNET.

Ta beauté ne veut pas se donner au poète.
Sans doute tu me prends pour un jeune vieillard,
Parce qu'il me suffit d'un mot ou d'un regard,
Pour être tout un jour heureux et comme en fête.

Ton sourire est pour moi l'azur dans la tempête.
J'ai deux cultes au cœur : ton amour et mon art.
Tu le reconnaîtras quand il sera trop tard ;
C'est bien toujours ainsi que la douleur s'apprête.

La femme, comme l'ombre, échappe à qui la suit,
Recherche avec constance un ingrat qui la fuit,
Est coquette toujours et laisse la matière

Prédominer chez elle. Il faut, pour la capter,
L'adresse d'un manant apte à tout calculer,
Mais je n'aurai jamais ce pleutre savoir-faire.

XX

OLIVIER METRA.

SONNET.

Saluez, c'est un mélodiste !
Sa musique chante toujours.
Le feu sacré vient sans détours,
Tantôt riant et tantôt triste,

La grâce, pour ce grand artiste,
Semble sourire tous les jours.
La folle reine des amours
De fleurs vient émailler la piste,

Qu'il suit de succès en succès ;
Tous ses accents sont inspirés.
Sa science est pleine de charme,

Et se comprend quand elle a lui,
Sans effort comme sans ennui.
L'enchantement, voilà son arme !

XXI

SOUHAITS D'AMOUR.

Heureux l'oiseau lorsqu'il voltige
Autour de toi pour caresser,
Comme une rose sur sa tige,
L'air que tu viens de respirer,
Je le jalouse et je l'envie.
T'approcher, c'est la volupté.
Que ne puis-je passer ma vie
Dans le rayon de ta beauté !

Heureux le chien que ta main touche
Et le cheval qui t'obéit,
La perruche qui sur ta bouche
Cueille un baiser et rebondit.
Je les jalouse et les envie !
T'approcher, c'est la volupté.
Que ne puis-je passer ma vie
Dans le rayon de ta beauté !

Heureux l'écuyer qui t'approche,
Le tapis que foulent tes pieds.
Je voudrais, par un mur de roche,
Voir mes jours près des tiens liés.
Te servir est ma seule envie !
T'approcher, c'est la volupté.
Que ne puis-je passer ma vie
Dans le rayon de ta beauté !

XXII

CÉLESTE DÉSIR.

Écuyère hardie, elle serait amante
Digne d'être adorée en rêve long et doux,
Mais je dois me borner à dire à deux genoux
Combien son fier regard me fascine et me tente.

Je voudrais mordre en plein son torse de bacchante
Et blêmir dans ses bras. — Poète, y pensez-vous ?
Dit-elle en souriant et presque sans courroux.
Du sourire au pardon la route est si coulante.

Que je sens naître au cœur une aurore d'espoir.
Des lueurs de désir pourront éclore un soir,
Par caprice ou pitié, dans son âme blasée.

Les succès quotidiens semblent peu la toucher.
Ses riches poursuivants veulent pour l'afficher
⌐ talent, sa beauté. Seul, je veux sa pensée.

XXIII

AMOUR ET SOUMISSION.

J'ai promené ma fantaisie
Et mon caprice insouciant
Près d'autres femmes, mais ma vie
N'a commencé qu'en te voyant.
Mon inconstance fut domptée
Par un sourire de tes yeux.
Mon âme ne s'est éveillée
Qu'à ton contact, ange des cieux.

Si ma lèvre cherche ta lèvre,
Si mon corps appelle ton corps
Pour les heures de douce fièvre
Et de passion à pleins bords,
Hélène, songe que mon âme
Est à toi depuis bien longtemps;
C'est l'idéal que je réclame,
L'idéal de mes jeunes ans.

Sois donc fière de ton empire,
Sans abuser de ton pouvoir.
Je tremble, tant je te désire,
Et je redoute de te voir.
Devant toi ma douleur s'efface,
Mon amour est respectueux,
Mais dès ce soir dis-moi, de grâce,
Que tu voudras me rendre heureux.

XXIV

L'ESCLAVE D'AMOUR.

———

Souris et je vois tout en rose ;
Disparais, je vois tout en noir.
Dans ton regard pour moi repose
Toute défense ou tout devoir.
Qu'importe le reste du monde ?
Je ne puis aimer à demi.
Sur ton caprice, reine blonde,
Je tûrais mon meilleur ami.

Sur un mot de blâme ou de grâce,
Je frémis de peine ou plaisir.
Rien n'égale ni rien n'efface
Tes charmes ou ton souvenir.
Mon accent devient monotone
A force de fidélité.
Tout le reste est pâle ou détonne
Près du rayon de ta beauté.

Je rêve un divin chant de temple,
De ta voix quand j'entends le bruit.
Lorsque ton regard me contemple
Je vois un ange dans ma nuit.
Sois à moi sans retard, sans crainte ;
N'as-tu pas éprouvé mon cœur ?
Je t'adore comme une sainte,
Je t'aime comme le bonheur !

XXV

SI TON AME EST A MOI.

Si ton âme est à moi,
Que ta voix me le dise :
Si tu tiens à ma foi,
N'arrête pas l'exquise
Suavité d'amour
Qui perle sur ta lèvre,
Aurore d'un beau jour,
Heure de douce fièvre.

Donne-toi sans retard,
Car je t'ai méritée.
J'aime ton tong regard,
Fait de grâce enchantée.
Sache bien que ton corps
Est pour moi l'espérance,
Le but de mes efforts,
Mon bien ou ma souffrance.

Désespoir ou bonheur,
Triste ou douce couronne,
Pour moi sont dans ton cœur,
Étoile qui rayonne
Sur ma vie ou ma mort.
Tu peux faire ma route
Radieuse, ou mon sort
Lugubre comme un doute.

En t'écrivant ce soir,
Je frissonne et je pleure.
Quand je vais te revoir,
Que ta bouche m'effleure.
Donne-moi ta beauté
Et ta grâce native,
Ton coup d'œil velouté,
Si tu veux que je vive.

XXVI

SONNET.

Si tu veux te donner à moi, ma toute aimée,
Indique dès demain ce temps de jours heureux.
Mon désir est si vif qu'il en est douloureux,
Ma crainte a tant besoin ainsi d'être calmée.

Quand ton œil plein de feu, ton sourire d'almée
M'arrive chaque soir, doux mirage des cieux,
Tu ne fais qu'aviver mon amour et mes vœux.
Tu le vois et le sens, lorsque, presque pâmée,

Bien que restant toujours chaste dans ton désir,
Ton corps comme le mien semble sourdre et frémir
De volupté divine. Ainsi que la colombe

Savoure son bonheur dès longtemps caressé,
Je veux être en tes bras indolemment bercé.
Donne-toi donc, ou bien de langueur je succombe.

XXVII

SPLEEN D'AMOUR.

Ton amour est pour moi suave,
Mais son rêve est si haut
Que du doute l'horrible entrave
Me torture le cœur. Il faut
Qu'une longue étreinte finisse
Ta constante hésitation
A te donner, et ton caprice
Repoussant toute occasion.

Veux-tu qu'une sombre folie
S'empare de moi sans retour?
Tu n'as qu'à torturer ma vie
Par ce mirage de l'amour.
Ton œil sévère semble un gouffre
D'où j'attends l'espoir qui me fuit;
Je pleure sans cesse et je souffre,
Je rêve de mort jour et nuit.

C'est vainement que ma mémoire
Rappelle à mon cœur tes aveux,
Tes aveux que je n'ose croire,
Car ils me rendent trop heureux.
Ce bonheur est la fleur divine
Entrevue à l'aurore d'or ;
Pour savourer son étamine,
Voici ma vie et plus encor.

XXVIII

Si je sens ta beauté resplendir sur ma vie,
L'espoir et le bonheur m'arrivent à plein bord.
Vivre sans ton amour pour moi serait folie ;
Mieux vaudrait la vieillesse et mieux vaudrait la mort.

D'un coup d'œil bienveillant ma constance est ravie ;
Puisqu'en tes seules mains je remets tout mon sort.
De joie ou de douleur songe bien que l'abord
M'est ouvert ou fermé, suivant ta fantaisie.

Sur un trône d'azur je te plaçai si haut !
Je rêvais d'idéal quand ton beau corps d'almée
M'apparut, et dès lors je voulus ta pensée,

Plus que ta beauté. C'est ton âme qu'il me faut,
Rayonnant sur mon cœur comme une douce étoile ;
Je veux que son trésor pour moi seul se dévoile.

XXIX

DONNE-MOI TA BEAUTÉ.

Ah ! combien j'ai souffert, te croyant courroucée,
    Ma vie était près de sombrer.
Si tu me repoussais, ma muse dévoyée
    S'étiolerait sans chanter.

Je suis le rossignol qui souffre sans partage
    Du seul amour au fond des bois.
Il me faut ton aveu suprême, et comme gage,
    Un long baiser à douce voix.

Puisque tu m'as donné ton âme tout entière
    Dans ton regard si caressant,
Puisque de mes désirs, enfin, tu sembles fière,
    Et tu t'enivres en m'aimant.

Donne-moi ta beauté comme une fleur éclose
Au tendre séjour des élus,
Trésor voluptueux de chair nacrée et rose,
Qu'assombri je n'espérais plus.

Si tu cèdes ce soir, comme une fraîche aurore,
Notre rêve resplendira.
Le bonheur me sourit depuis que je t'adore ;
C'est par toi seule qu'il viendra,

En horizon discret, tissu d'or et de soie,
Comme une douce nuit d'été.
Il faut que sans tarder en tes bras je me noie
Dans un torrent de volupté.

XXX

LE SACRIFICE

C'est en vain que mon front essaye de sourire,
C'est en vain que ma Muse essaye de chanter.
Etre un jour sans te voir, des douleurs c'est la pire ;
Je ne sais que pleurer.

Sous ton regard d'amour ma vie ensoleillée
Resplendissait d'azur et frémissait d'espoir,
Quand ta ceinture d'or et de gaze étoilée
M'enivrait chaque soir.

Quand ton corps rose et blanc, ta chevelure blonde
Se donnait à moi seul malgré les yeux jaloux,
Nos cœurs se comprenaient et le reste du monde
N'existait pas pour nous.

Nous savions d'un coup d'œil nous dire dans la foule
Ce que nos âmes sœurs ressentaient ardemment.
Ce bonheur quotidien, il faut donc qu'il s'écroule,
    Pour un propos méchant.

Car je veux que jamais le plus léger nuage
Ne te vienne de moi, ne puisse t'assombrir,
Mes soins trop assidus pourraient porter ombrage,
    Je préfère souffrir.

Mes retours trop nombreux pourraient te compromettre.
Je veux autour de toi le respect absolu ;
Du monde il faut subir les rigueurs à la lettre,
    Ou bien l'on est perdu.

Il faut me résigner, et dût ce sacrifice
Me tuer de douleur, je le supporterai ;
Mais un jour, douce enfant, sache rendre justice
    A mon amour, ou j'en mourrai.

Donne-toi toute à moi dans l'ombre et le mystère ;
A mes désirs prudents tu peux te confier.
Je saurai tout prévoir, je saurai faire taire
    Les jaloux, car je sais aimer.

Tu peux t'abandonner en complète assurance,
Car mon œil sait tout voir, et mon bras sait punir.
Notre amour est divin, étoilé d'espérance
    Et du plus riant avenir.

Au Dieu de volupté mon front vient de sourire,
A ton penser fécond ma Muse a su chanter.
En tons rhythmés je veux sans cesse te redire :
    La vie est faite pour aimer.

A MONSIEUR IGNOTUS,

DU *Figaro*.

Je salue en vous un confrère :
Le rhythme seul manque à vos vers.
D'autres, auxquels la Muse est chère,
Ne la cultivent qu'à revers.

Votre poésie est éclose,
Comme celle. de George Sand,
Dans les éclairs de votre prose
Et de votre style émouvant.

Rimer est un don de nature,
Mais tout accent venant du cœur
Appartient à l'école pure
Des œuvres créés sans labeur,

Les seuls dont le souffle artistique
Puisse avoir un réel effet.
Votre prose est une musique,
Comme si la Muse dictait.

A mes yeux le premier poète,
Celui qui plus m'électrisa,
Qui dans mon âme se reflète,
C'est la femme auteur d'*Indiana*.

Il ne faut pas qu'on la recherche,
Si l'on veut l'inspiration ;
Elle arrive sans qu'on la cherche,
Au souffle de la passion.

Comme femme jeune et jolie,
Elle a l'humour fort capricieux.
L'Art est une fière folie,
Aurore ou bien reflet des cieux.

La Muse ne vit pas d'étude,
Ni de travail, ni de raison.
On ne sait quand elle prélude,
Ni quand s'éteint son horizon.

C'est une amante toujours prête
A fuir celui qui la poursuit.
Il faut sourire à la coquette,
Sans la suivre quand elle fuit.

Tout essai demeure inutile
D'apprivoiser le rossignol.
Les grands, les seuls effets de style
Ne se saisissent bien qu'au vol.

Vous le savez mieux que personne,
Vous qui n'écrivez que par jet
Et sans chercher, quand l'heure sonne
De la peinture ou du portrait.

XXXII

A MON EXCELLENT CONFRÈRE

ALFRED BARBOU

Une question de science,
Voici bientôt quatorze mois,
Nous a fait faire connaissance
Et nous réunit quelquefois.

Je trouve de la poésie
A l'œuvre de tout inventeur,
Son aurore vient du génie,
Sa route est celle d'un rêveur.

Il procède comme l'artiste,
Puisqu'il ne suit aucun chemin
Déjà frayé, puisque sa piste
N'a ni passé, ni lendemain.

Cet envoi de votre confrère
N'a donc rien de bien étonnant.
Il ne faisait que satisfaire
Son goût d'aventure, au moment

Où le tartre et le tartrifuge
L'occupaient sans désemparer ;
Mais son vrai culte et son refuge
Que rien ne saurait remplacer,

C'est l'idéal de poésie,
De nos jours tant déshérité,
Qu'on bafoue et que l'on envie,
Lorsqu'on est bourgeois arrivé.

XXXIII

LA MIME.

Combien j'aime ton rôle en cette pantomime
Où ta bonté de cœur éclate en trait saillant.
Ton mortel ennemi râle et ta main ranime
    Ce bandit expirant.

Te voilà tout entière et chaque jour ta vie
Abonde en pareils faits. Jamais un malheureux
N'adressa vainement sa prière suivie
    A ton cœur généreux.

Qu'un esprit bas, méchant, dans l'ombre te dénigre,
Qu'un concurrent jaloux s'acharne autour de toi,
Tu pardonnes quand même et dans ton grand cœur vibre
    La bonté, seule loi.

C'est ton charme assuré par-dessus tout. J'admire
Ton beau corps, de carmin et de neige nacré,
Mais j'adore à genoux ton céleste sourire
        En mes yeux reflété.

De grâce souviens-toi que j'aime et que je souffre,
Que sous ton œil de feu je frissonne d'amour,
Que mon âme s'enivre et mes sens sont un gouffre
        De désirs chaque jour.

Donne-moi dès ce soir un rayon de ton âme
Et promets pour demain un baiser prolongé.
Ce trésor enchanteur, ma voix ne le réclame
        Qu'en l'ayant mérité.

Je suis digne de toi, car j'ai su te comprendre,
Dès le premier instant où j'ai pu t'approcher.
Je ne te pressai pas, car je voulus attendre
        Et me faire apprécier.

Car je voulus surtout être dans ta pensée
Le premier et le seul, avant d'avoir conquis
Ton corps et ton désir; à l'âme énamourée
        Le plaisir est soumis.

XXXIV

A MADAME X...

L'AMBULANCIÈRE INTRÉPIDE ET DÉVOUÉE.

Ainsi que vous je suis artiste
Et j'aime à braver le danger.
Pendant cette époque si triste,
Où nul espoir de triompher

Ne restait dans un cœur vulgaire,
J'étais au rang des Franchettis.
Puis en mission militaire,
En ballon j'ai quitté Paris.

C'était une inutile tàche,
S'écriaient les bourgeois peureux.
— Plutôt mourir que d'être lâche,
Fut ma réponse à ces gâteux.

Si c'était une folle piste
Et sans profit se dévouer,
Comme vous je restais artiste,
Face à face avec le danger.

XXXV

BERTRAND DE BORN

LE GUERRIER TROUBADOUR

Sonnets

I

Ainsi qu'un poëte vautour,
Sa Muse vivait de carnage.
Son génie était fait de rage,
Et dédaignait le doux amour.

Quand il chantait, seul en sa tour,
La paix lui semblait un outrage
Qu'avec terreur l'on envisage :
C'était un guerrier troubadour.

Il expia sous le cilice,
Au monastère de Citeaux,
La multitude de grands maux

Par lui causés. Ce sacrifice
Ne lui semble pas trop compté
Aux yeux de la postérité.

II

La sombre colère du Dante,
Sans pardon comme sans oubli,
Jusqu'en enfer le représente
Roulant sa tête devant lui.

L'excuser m'appelle et me tente.
Sur son âme un sourire a lui,
Venant du Dieu qu'il avait fui.
Je veux que l'homme s'en contente.

Aux beaux vallons du Périgord,
Il ne fut qu'un fléau de guerre,
Arma le fils contre le père,

Et ne se plut qu'aux cris de mort,
Mais il vivait au moyen-âge,
Cette époque presque sauvage.

III

L'homme n'en est que plus méchant
Si la vengeance l'épouvante.
La main divine est plus clémente
Dans son suprême jugement.

Il faut pardonner au talent
Bien des écarts, Monseigneur Dante.
Après la fougue vient l'andante.
Dans ce monde le plus souvent,

D'un vrai poète le génie
N'est qu'une irritante folie ;
Vous le sentiez bien mieux que moi.

Troubadour, je veux qu'on t'excuse.
Dans le meurtre naquit ta Muse,
Mais plus tard tu revins à toi.

XXXVI

L'APPEL AUX ARMES AU MOYEN-AGE

IMITÉ DE BERTRAND DE BORN.

Le doux printemps me plaît alors qu'il nous ramène
Les feuilles et les fleurs, et j'aime dans la plaine
A vous voir sautiller, petits chantres ailés
Qu'un rayon de soleil a bientôt rappelés.
Mais il me plaît surtout de voir dans les prairies
Planter le pavillon d'un fougueux suzerain,
Et je sens en mon cœur de mâles rêveries,
Quand je vois des coursiers armés ronger leur frein.

J'aime quand les guerriers brisent à coups de lance
Tout obstacle vivant, qu'à leur suite apparaît
La meute des vassaux qui rugit et s'élance
Comme un tigre en fureur sorti de sa forêt,

Et mon cœur voit toujours avec nouvelle ivresse
Saper les châteaux forts jusqu'en leurs fondements
Et tomber les vieux murs sous l'effort qui les presse,
Sous le bras des soldats valeureux et puissants.

J'admire le seigneur qui toujours sur la brèche
S'élance le premier, qui dédaigne la flèche
Et se sert du poignard quand son glaive est brisé.
Voyez à ses côtés son page électrisé,
Se ruer à la mort au cœur de la mêlée,
Pauvre enfant que sa mère endormait sur son sein
Encor ces derniers mois et que dans la vallée
Son frère tout sanglant relèvera demain !

C'est que nul jouvenceau n'est prisé quelque chose
Tant qu'il n'a pas chargé l'ennemi sans pâlir,
C'est qu'il vaut mieux passer comme une tendre rose,
Tranchée à son matin au moment de fleurir,
Que de rentrer au camp sans honneur ni prouesse,
Comme un petit oiseau suivi de l'épervier
Regagne son abri pour cacher sa faiblesse.
Car reculer d'un pas, c'est se déshonorer.

Pour moi, je vous le dis, près d'un jour de bataille
Le manger et le boire ou même le sommeil
Perdent tout leur attrait et n'ont plus rien qui vaille
Ouïr crier partout : « A moi, donnez l'éveil ! »
Vicomtes et barons, mettez plutôt en gage
Jusqu'au dernier castel, jusqu'au dernier village,
Avant d'abandonner la guerre et ses plaisirs !
C'est assez de la paix et c'est trop de loisirs !

XXXVII

AUX PRÊTRES DE 1793.

—————

Doux serviteurs du Dieu d'amour et de justice,
Dont le fier dévouement, la voix consolatrice
A tous ceux qui souffraient, même au fond des cachots
Ne manquèrent jamais, trois fois je vous salue !
Peuple, malheur à toi dont la rage éperdue
      Les arrache au repos.

Quand l'Océan menace en sa gorge profonde
De l'engloutir vivant, lorsque l'orage gronde,
Le plus solide athée un instant est pieux,
Mais quand la mer plus calme a cessé sa furie,
Quand il ne garde plus de craintes pour sa vie,
Il redevient ingrat, il redevient impie,
      Et blasphème les cieux.

La plèbe de Paris ainsi, nobles victimes,
En ce temps vous renie et vous charge de crimes,
Vous chasse et vous maudit comme un enfant ingrat.
Au Dieu mort pour sa vie éternelle et dernière,
A la voix de son prêtre, ô honte ! elle préfère
La déesse Raison du sanglant Robespierre,
  Et la voix d'un Marat !

Vous son unique espoir hier dans sa misère,
Vous êtes aujourd'hui le but de sa colère !
Contre les coups des grands vos bienfaisants autels
Naguère encore étaient son unique refuge,
Et ce serf affranchi les renverse et vous juge
  Comme des criminels !

Peuple, tu t'es souillé ! Ta couronne de gloire,
Sur le flot étranger tes grands jours de victoire
Apparaîtront pâlis aux siècles à venir !
Vois au ciel, reconnais ceux que de cette terre
Sans pitié tu chassas !... Ils ont une prière
  Même à ton souvenir !

Et tu le vis, jamais en allant au martyre
Leur front ne fut tremblant. D'un céleste sourire
Leur bouche souriait, et dans la piété
Trouvant assez de force, ils bénissent encore
Ta main, triste bourreau! Pour toi leur voix implore
     Le Dieu qui t'a quitté!

Leur front ne pâlit point. Mais qu'avaient-ils à craindre?
Quand Dieu les attendait, oserons-nous les plaindre?
Ils mouraient à la vie en un doux chant d'adieux,
Ou plutôt fiers martyrs, en marchant au supplice
Ils naissaient au bonheur et l'humaine injustice
     Leur entr'ouvrait les cieux!

XXXVIII

LE MAUVAIS PRÊTRE.

Sonnet.

———

Dans son apostolat il ne voit qu'un métier.
La sombre ambition est son unique route.
Dans son cœur nulle foi, nul idéal, nul doute.
Bien vivre de l'autel, sans cesse dominer,

C'est le penser secret de ce noir ouvrier.
Au nom d'un Dieu d'amour il veut qu'on le redoute.
Eût-il pu dans le monde être honnête ? J'en doute.
Mais l'étole du prêtre aura vu décupler

Son passage maudit. Vautour à nuque chauve,
Dans la confession il rêvait une alcôve
Où la blanche colombe éteindrait en ses bras

Les feux inconscients dont frémissent ses ailes,
Qu'éveille la jeunesse en vives étincelles.
C'est un grand criminel, un fléau d'ici-bas.

———

XXXIX

LE BON PRÊTRE.

Sonnet.

Son dévoûment est pur, bien ferme est sa croyance.
Ce n'est pas par calcul, mais par conviction
Qu'il a fermé son âme à toute passion
Humaine, s'opposant à ce que l'on encense

Le règne des puissants en cupide horizon.
Sévère pour lui-même, il est tout tolérance
Pour les faibles. Son dogme est la Foi, l'Espérance;
La Charité, voilà sa domination.

On le trouve partout où la douleur inonde
Les êtres condamnés à souffrir en ce monde.
Dans un gouffre béant quand le malheur nous tord,

Il parle d'avenir et de céleste fête,
Mirages immortels, décelant un poète.
C'est un rayon d'azur brillant jusqu'à la mort.

XL

L'AME ET LE CORPS.

Sonnet.

Le triomphe de l'àme est un rève, un mystère,
Qu'on ne peut pénétrer en cet humain séjour.
L'homme ne semble né que pour souffrir sur terre,
Pour y bâtir son nid et pour y vivre un jour.

Ses aspirations vers l'éternel amour
Le prouvent nettement. Ses essais de colère,
De révolte envers Dieu, c'est l'ombre passagère
Du sentiment inné d'un bonheur sans retour.

Honteux de sa faiblesse, il répond par l'outrage
A cet étrange joug. Son orgueil et sa rage
Passent comme le vent, qu'on rejette au-dehors

Grâce aux solides murs d'une maison de pierre.
Le révolté toujours finit par la prière;
Près du sombre horizon l'âme commande au corps.

XLI

A M. EUGÈNE CLÉRAY

Adjoint au maire du 3me arrondissement, parti en mission aérienne par *La Poste de Paris* le 18 janvier 1871, et tombé à Venray (Pays-Bas), à trois kilomètres de Prusse et à sept kilomètres de la mer.

LES AÉRONAUTES DU SIÈGE DE PARIS

Sonnet.

Quand la France râlait sous l'étreinte ennemie,
Quand on ne voyait plus que des fronts sans espoir,
Lorsqu'on osait partout marchander le devoir,
Lorsqu'on ne voulait plus mourir pour la patrie ;

Quand les cœurs défaillants, troupe horrible, abêtie,
Etaient le plus grand nombre, alors on a pu voir
Quelques hommes, honteux d'un pareil désespoir,
Au pays abattu sacrifier leur vie.

Ils s'offraient, les vaillants, pour monter les ballons,
Malgré le temps glacial, le tir des bataillons,
Et le danger du vent, poussant en sens contraire

L'esquif aérien qui devait les porter.
Ils savaient qu'ils risquaient de se voir fusiller,
Mais ils n'hésitaient pas pour la France, leur mère.

XLII

LA PHOTOGRAPHIE DES MILLE
ET UNE NUITS (1).

——

A Mme LIÉBERT

Souvenir de sa fête artistique.

——

Autour de la joyeuse houle,
Mon objectif, mon premier soin,
C'est de m'isoler dans la foule,
Pour tout observer dans mon coin.
Aujourd'hui je vais vous traduire
En reflet mon impression,
Je dois réussir à bien dire,
Car j'ai pour moi l'émotion.

(1) La photographie à la lumière électrique, c'est le rêve réalisé de la poésie réunie à la science.

Il y a dans la pose d'une jolie femme un moment délicieux. C'est celui où les flots de lumière viennent inonder sa tête comme d'un nimbe séraphique. Cet éclair de beauté est fatal, ossianesque, éthéré.

La séduction est ineffable.

Sonnets

I

Liébert est un chercheur. S'il trouve la fortune,
S'il réussit en tout, ce n'est pas sans raison.
Sciences et travail lui servent de blason
Et de modernes dieux. Son art est sans lacune,

Puisqu'il sait se passer de l'absence importune
Du soleil. J'avais vu (mais c'était en ballon
Et j'en étais tout fier) sur le même horizon
Le lever du soleil, le coucher de la lune,

Mirage aérien, bien moins surnaturel
Que d'entrevoir ici des étoiles au ciel,
Pendant que près de soi la lumière électrique,

Remplaçant l'astre roi, fixe le souvenir
Des reines de beauté. Leurs traits semblent jaillir
En célestes rayons d'un nimbe métallique.

II

M. LIÉBERT,

*Mis au second plan, par le jury de l'Exposition
universelle de 1878.*

Ancien officier de marine,
Son œil est fier, loyal. On voit
Qu'il saurait soutenir son droit
Sur tous les terrains. Sa poitrine

Étincelle de croix. La mine
Qu'il poursuit sans conteste doit
Amener la fortune. On croit
Dès qu'avec soin on l'examine

Que c'est là son moindre souci.
Je puis sans crainte dire ici
Qu'il aime toutes les sciences,

Que de son art il a la foi.
Voilà bien sans doute pourquoi
On l'éloigna des récompenses.

XLIII

DANS LE MAL NAIT LE BIEN.

Elégie Pyrénéenne.

Comme l'horizon se colore,
Depuis les monts jusques au val
Après l'orage, ainsi l'aurore
Du bien nait souvent dans le mal.
La femme toujours mène l'homme,
Dans la joie ou dans la douleur.
Pourquoi s'en plaindre, puisqu'en somme
La suivre en tout, c'est le bonheur.

I

J'ai toujours redouté ce courant de la mode,
Qui mène chaque année en joyeux rendez-vous
Aux Thermes de Luchon un essaim incommode
De beautés à caprice, un flot de jeunes fous.

De leur âpre gaité le vrai malade souffre.
Dans ces monts ordonnés venu pour se guérir,
Au lieu d'être tranquille, il trouve comme un gouffre,
Un reflet malfaisant du Parisien plaisir.

Combien j'avais raison d'accueillir cette crainte,
Puisque je fus témoin en mil huit cent et tant,
(Crime dont j'ai gardé l'ineffaçable empreinte)
De deux horribles morts en pareil incident.

II

On était à la fin d'un long souper ; l'orgie
Paraissait épuisée et l'on manquait d'entrain.
La fauve Régina, courtisane alanguie,
Sans cesse recherchant à braver le destin,

Entrevit un éclair scintillant dans la nue,
Prélude menaçant d'un orage de jour,
Qui la fit tressaillir d'une crainte inconnue ;
Diversion terrible aux effluves d'amour.

La tempête de nuit arrive moins rapide
Et laisse dans nos sens graduer la terreur,
Mais l'ouragan de jour déchaîne le fluide,
Comme un torrent gonflé d'un reflet de chaleur.

Entendre pour aubade un éclat de tonnerre,
Voir le jour venir sombre au lever du soleil
Semble presqu'un avis suprême de colère
Et d'un Dieu blasphémé le fulgurant réveil.

Le plus hardi marin redoute le naufrage
Dans le nuage noir qu'il voit à l'horizon.
Dans bien des nobles cœurs s'amollit le courage,
Quand l'écho de la foudre arpente le vallon.

C'est en se recueillant que le pauvre l'écoute,
Habitué qu'il est à se sentir frapper,
Mais le riche, insolent de puissance et de doute,
Croit de bon ton et met son honneur à braver.

III

Rodolphe s'ennuyait, ayant usé la vie
Par tous les bouts, par tous les plaisirs raffinés.
Il fallait chaque jour quelqu'étrange folie
Pour réveiller ses sens affaiblis et blasés.

Tout fier de son argent, ce nabab égoïste
Croit que tout doit plier devant ses sacs d'écus ;
Un caprice lui plaît, s'il faut qu'il y persiste,
Mais il n'admettrait pas d'essuyer un refus.

« A quoi donc servirait ici bas d'être riche,
» Si l'on ne devait pas tout avoir à souhait,
» Répétait-il souvent. La fortune nous triche,
» En ne donnant pas tout, ou perd de son attrait. »

Un sceptique ne peut avoir la foi puissante,
L'espoir de l'avenir, sa bienfaisante ardeur.
L'émotion, voilà partout ce qui le tente ;
Il menace le ciel, égoïste sans peur.

D'orgie et de plaisir lassé, lorsqu'il s'ennuie,
En périls inconnus il veut tenter le sort,
Mais il n'y va pas seul ; il faut à sa folie
Un cortége vivant pour qu'il brave la mort.

Sans pitié, sans frémir, espérant se distraire,
Grâce à son trop plein d'or il attache à ses pas
De pauvres gens vivant heureux dans leur misère,
Esclaves de l'argent toujours prêts ici bas.

IV

La menace d'en haut s'illumine et crépite ;
L'orage durera : le jour est ténébreux.
Comme une salamandre en un brasier s'agite,
L'éclair sillonne et marbre un nuage odieux.

Cette fille en riant qui veut sentir la grêle,
Fléau des indigents, leur sombre désespoir,
Hâcher tout sous ses pieds, et, créature frêle,
Rêver l'enivrement d'un désastreux pouvoir,

Me semble un squelette esquissant un sourire,
Et je l'écraserais, si j'étais son amant,
Comme une pieuvre immonde, un féminin vampire,
Cherchant la volupté dans l'horreur et le sang.

. . . .
. . . .

Je la vois hésitante ! Elle sent elle-même
Combien elle fait mal en osant exprimer
Ce caprice, combien son désir est extrême,
Quelle suite funèbre il pourrait amener !

Bien que le vent du monde ait desséché son âme,
L'on découvre un point bleu dans le sombre horizon
De ses pensers amers. Elle est jeune, elle est femme,
Sa bravade devrait finir en pamoison ;

Mais elle se raidit contre toute faiblesse.
L'amour-propre commande, il faut braver la mort ;
Pour donner à la vie une malsaine ivresse,
Des colères du ciel il faut tenter l'abord.

V

Ce couple de blasés est bien fait pour s'entendre.
Elle ne peut durer chez eux, la note tendre ;
Rodolphe est irrité de l'entrevoir percer.
Il n'a qu'un mot à dire... Elle est prête à marcher.

« Qu'as-tu donc, Régina ? Ta main est froide et tremble :
» Cet éclair était beau, lui dit son riche amant.
» Nous avons projeté de contempler ensemble
» La tempête affolée en son déchaînement,

» Voici l'occasion : elle est unique et belle.
» Ton cœur n'est-il vaillant que lorsqu'il voit de loin ?
» Le jour va se lever, le soleil étincelle
» D'un rayon sombre, avec l'orage pour témoin. »

Relevant son beau front : « Je veux voir, mais j'avoue,
» Dit-elle, que je suis presque blême de peur.
» Sachez bien qu'une femme est digne qu'on la loue,
» Lorsqu'elle peut ainsi dominer sa terreur.

» Je vais me préparer, faites mander un guide,
» Le sort en est jeté, je l'ai dit et j'irai.
» J'ai pour moi mon étoile et pour suprème égide
» L'aide puissant et fort d'un vouloir acéré. »

VI

Les guides à Luchon, leur service l'atteste,
Sont tous hardis et sûrs de ne jamais faiblir,
Mais parmi ces vaillants, jeune, fort et modeste,
Henri se distinguait et se faisait choisir.

Il paya noblement son tribut à l'armée.
Parti simple soldat il devint officier
Avec la croix d'honneur, puis, sa fougue calmée,
Il revint au pays et reprit son métier.

Sa précoce prudence égalait son audace,
Il savait amollir le dur son de sa voix
Et se plier à tout, vrai Béarnais de race ;
Son regard attirait fier et doux à la fois.

Il veillait avec soin sur le plus téméraire,
Et portait dans ses bras le touriste craintif.
Les baigneurs savaient tous qu'il adorait son père
Et qu'il le dorlottait, athlète au cœur naïf,

Comme la jeune épouse, à peine en relevaille,
Pour elle sait garder le soin du premier né.
Le vieillard ne veut pas que son Henri travaille
Autant, mais se cacher c'est être pardonné.

VII

Rodolphe va trouver lui-même et dévisage
Le jeune homme qu'il a souvent ouï vanter,
Puis il l'aborde ainsi :
      — Je veux voir un orage
Sous mes pieds ; je veux voir le ciel se déchaîner.
J'y trouve avec transport l'image de la vie.
Ainsi grouille et combat le troupeau malheureux
De ces gens abêtis, dont l'insigne folie
Cherche dans le travail le terme de ses vœux.
J'ai gagné ma fortune au vent de la tempête.

L'orage m'enrichit : je m'y plais et veux voir
La foudre sous mes pieds et l'azur sur ma tête,
D'un côté la douleur, de l'autre le pouvoir.
Veux-tu m'accompagner ?

HENRI.

La tempête est bien forte,
Et c'est jouer sa vie ! Avez-vous réfléchi
En venant me trouver si matin ?

RODOLPHE.

Que t'importe ?
Je doublerai le prix pour être mieux servi ;
Je sais que c'est pour vous un argument suprême.

HENRI.

En effet, je suis pauvre, et mon père est si vieux.

RODOLPHE.

C'est bien. Aurais-tu peur ?

HENRI.

Oui, mais j'irai quand même.

RODOLPHE.

Cœur faible.

HENRI.

Je comprends les menaces des cieux.
Le doute à cet égard me paraît impossible.
Parfois sur l'Océan, dans l'azur radieux,
On voit à l'horizon un point imperceptible ;
Le voyageur sourit du marin anxieux
Qui lui montre la tache annonçant la tempête :
C'est que l'un par l'état mesure le danger,
Tandis que l'autre songe à quelque jour de fête

Et répond : pourquoi donc tenter de m'effrayer ?
Coutumier du péril je comprends son langage
Et me gare de lui quand je peux l'éviter.
Vous payez cher : partons.

RODOLPHE.

J'aime le froid courage,
C'est le seul à mes yeux que l'on doive vanter,
Mais l'appréhension me chagrine et m'oppresse.
Pourquoi donc assombrir ce qui m'est un attrait ?
A ce nouveau plaisir je conduis ma maîtresse,
Je puis bien demander le concours d'un valet.

HENRI.

Adressez-vous ailleurs ou changez de langage.
Vous trembleriez, si mon père vous entendait.

RODOLPHE.

J'aime avec passion toute sorte d'orage.
Où donc est-il ce pauvre ayant de la fierté ?

Je prends toujours plaisir à voir un phénomène,
La vertu s'élevant contre ma volonté.
Qu'il se montre !

HENRI.

Monsieur, retenez un blasphème.
Nous sommes des soldats sans porter le fusil ;
Pour quelques louis d'or, au-devant du péril
Nous marchons avec cœur, mais la toute puissance
De l'argent ne saurait être reine chez nous.
Vos laquais avilis, âmes en décadence,
Vous maudissant tout bas en rampant à genoux,
Vous ont habitués à la route servile :
Employez-les.

RODOLPHE.

Mais non, c'est vous seul que je veux.
Toute observation resterait inutile.
Voyons, qu'estimez-vous mon caprice et mes vœux ?

HENRI.

Pour m'avoir méconnu, vous pairez triple course.
Comme vous, nous avons l'honneur et la fierté.

RODOLPHE, *lui tendant un sac d'or.*

Vous accepterez bien, en outre, cette bourse ?

HENRI, *le repoussant.*

Un guide ne veut rien sans l'avoir mérité.

VIII

LE PÈRE.

Vois, la nue est en feu ; c'est un affreux orage.
La foudre jette au loin sa mugissante voix.
Pourquoi des éléments, faible, braver la rage ?
Mon fils, tu vas chercher la mort au fond des bois.

HENRI.

Dieu veillera sur moi, sois-en certain, mon père,
Lève ton âme à lui ; je reviendrai ce soir.
Je pars, protége-moi d'une simple prière :
Les accents de la foi sont la force et l'espoir.

LE PÈRE.

Noble enfant, pour mes soins jamais rien ne t'arrête !
Déjà parti... Parti ! Reviendra-t-il, mon Dieu ?
Prions, puisqu'il le veut et que mon cœur reflète
Les sentiments d'un fils à ce funeste adieu.

« Reine de mon enfant, vous qu'on nomme Marie,
« Suivez-le dans sa course et ramenez-le-moi.
« Dans un premier appel ma vieille voix vous prie,
« Mais s'il m'était rendu, mon cœur serait tout foi. »

Ce premier cri pieux, ce noble élan d'une âme
Qui s'était jusqu'alors à toute piété
Fermée, il n'était pas de ceux que nous réclame
L'altière voix d'un prêtre ou le son répété

D'une cloche appelant à l'autel ses fidèles.
C'était au Tout-Puissant une invocation
Du cœur vraiment partie, et l'ange sur ses ailes
N'apporta pas à Dieu l'appel à ce pardon.

IX

L'astre roi n'éclairait déjà plus la montagne
Et l'orage, toujours terrible, foudroyait.
Un chien revient hurlant, mais nul ne l'accompagne.
Le jour luit : rien encore ! Et le père attendait.

Hélas ! on vint trop tôt, le fils était sans vie.
Dieu qui vois tout, tu vis ce malheur si cruel
Et tu n'abrégeas pas la naissante agonie
Du vieux pâtre frappé dans son cœur paternel.

Le malheureux ! Il reste un instant sans parole,
Mais sur son front pâli se lit le désespoir.
Point de larmes pourtant. Une larme s'envole ;
Nous pleurons le matin, pour sourire le soir.

Non, sa douleur est calme, et, toute dans son âme,
S'y concentre et ne peut éclater au dehors.
Son œil seul le trahit, son œil jette la flamme
En laissant deviner de noirs pensers de morts.

Et bientôt d'une main que la douleur rend forte,
Le vieillard frappe au cœur et tombe en s'écriant :
« O terre, loin de toi que ce poignard m'emporte !
Je vais où va mon fils et te laisse en riant. »

X

Ainsi pour le plaisir des désœuvrés du monde
Périrent deux grands cœurs, utiles et vaillants,
Victimes et jouets de l'humeur vagabonde
D'une fille nerveuse en ce jour d'ouragans.

Le riche, ayant voulu courir cette aventure,
Par le ciel épargné revint en blasphémant.
A nos yeux étonnés Dieu frappe sans mesure ;
C'est en vain qu'on le tente et le brave souvent.

Il frappe ses féaux et protége sur terre
Le puissant révolté traversant ses desseins ;
Anathème divin, insondable mystère,
Que la mort seule peut expliquer aux humains.

XI

Rodolphe paya tout l'appareil funéraire,
Mais il n'eut pas un pleur autour de ce linceul,
En voyant ces deux corps portés au cimetière
Réunis dans la mort par son caprice seul.

Vers le soir il semblait un démon des ténèbres,
Errant comme un fantôme et parlant sans sentir.
Je m'approchai croyant, dans ses accents funèbres,
Saisir une lueur de tardif repentir.

Combien je me trompais ! « Dieu de vengeance, — il crie, —
« L'espoir de ses vieux jours, tu le prends aujourd'hui,
« C'est en vain qu'il pria la clémente Marie ;
« A ce pieux élan un jour funèbre a lui.

« Mais s'il fallait le fils, pourquoi laisser sur terre
« Celui qui l'éleva, ne vivant que par lui ?
« Dieu qu'on dit bon, pourquoi ? De cette vie amère,
« Heureux, avec son fils il se serait enfui.

« Et tu fus resté bon, digne que tout t'honore,
« L'oiseau fendant les airs, l'insecte sur les fleurs.
« L'astre-roi chaque jour à sa nouvelle aurore
« Et l'homme t'invoquant sous le poids des douleurs.

« Tu ne saurais forcer à vivre ici, victime
« De l'amour paternel, un être qu'on dit tien.
« Il ne peut exister sans son fils ; est-ce un crime ?
« En mourant après lui, dis, ne fit-il pas bien ? »

XII

Cette sombre douleur n'était qu'une révolte
Contre Dieu. Je plaignais les pensers d'un tel cœur
Qui ne voit ici-bas, n'admet et ne récolte
Que le mal, sans l'azur du céleste bonheur,

Quand j'aperçus venir une femme voilée.
Sa taille se cachait sous un long manteau noir,
Mais je la reconnus, bien qu'elle fût changée
Du tout au tout, semblant presqu'un divin espoir.

C'était la Régina, la folle pécheresse
Transformée, et dont Dieu, le Dieu bon, prit pitié.
La femme vit ainsi. Sa route est une ivresse ;
A l'éternel amour son cœur paraît lié.

Rodolphe blasphémait encor malgré l'épreuve,
Presque le châtiment qu'il venait de subir.
Elle me dit : « Il faut, pour que son cœur s'émeuve,
« Qu'il ait de son enfance un vivant souvenir.

« J'apporte le portrait de sa sœur, de sa mère,
« Deux gardiens que la mort lui retira trop tôt.
« Il n'a pas oublié tout reflet de prière.
« Si son cœur peut prier, il pleurera bientôt.

« S'il pleure, il est sauvé ! C'est la grâce éternelle
« Qui nous vient par les pleurs, comme un bienfait divin.
« Aidez-moi donc, Hector, de grâce, ajouta-t-elle ;
« C'est un pauvre égaré qu'il faut mettre en chemin. »

O femme, ton énigme est vraiment redoutable.
Sphynx de tous les amours, tu sais transfigurer
Ta nature à ton gré. Jamais rien ne t'accable,
Dans le bien ou le mal quand tu veux rayonner.

La bacchante en plaisir sans relâche et sans trève,
Qui voulait être reine au prix de tout honneur,
N'est déjà qu'une ascète et son âme ne rêve
Que d'entraîner Rodolphe en cette sainte ardeur.

XIII

Rodolphe tourmenté, le front sombre, l'œil cave,
Ayant d'un égaré les regards somnolents,
En damné de la vie errait auprès du Gave...
Nous surprîmes ces mots tantôt vifs, tantôt lents :

« Regina, je t'aimais ! Qu'es-tu donc devenue ?
« En voyant mon malheur, ingrate, tu m'as fui.
« Quand je te recueillis si pauvre, demi nue,
« J'espérais être aimé : dans ton cœur rien n'a lui.

« Parmi l'humanité rechercher un peu d'âme,

« C'est se tromper de route. Elle vit pour briller.

« Un horizon d'azur la captive et l'enflamme,

« Mais qu'un nuage vienne, on vous fuit sans tarder.

« Mourir m'est un espoir en mon dégoût de vivre !

« Mourons donc, il est temps de remplir tous mes vœux :

« La mort n'est point à craindre, elle frappe et délivre,

« La mort est un bienfait au cœur des malheureux !

« Frappons sans plus tarder, suivons la destinée !

« Pourquoi lui résister, pourquoi toujours souffrir ?

« Cette vie est à charge à mon âme damnée,

« Je suis las de l'amour, je suis las du plaisir.

« Frappons donc, mais avant marquons par quelque signe

« Mon pénible passage au séjour des douleurs.

« Tout va bientôt finir, chantons le chant du cygne,

« Laissons dans quelques vers la trace de nos pleurs.

« Naguère je rêvais un bonheur sans mélange

« Que viendrait partager une femme, un bon ange,

« Blond météore aidant à rendre doux mes pas.

« Au matin de ses jours qui donc ne rêve pas ?

« Qu'êtes-vous devenu mon rêve si peu sage ?
« Quoi ! déjà dissipé, quoi ! perdu pour toujours,
« Comme ces pâles feux dont s'efface l'image
« Dans les noirs ouragans de nos plus sombres jours ?

« Pourquoi ne pas mourir ? Que faire dans la vie ?
« Je n'espère plus rien et ne suis plus charmé
« Par les illusions de l'humaine folie ;
« J'ai trop longtemps souffert, j'ai trop souvent aimé !

« Mourons donc ! Ici-bas le bonheur est un songe !
« Partons, il est grand temps de quitter ce séjour :
« Le plaisir n'est qu'un mythe et l'amour qu'un mensonge
« Où l'on se trompe à deux à la face du jour ! »

XIV

Et le bras assuré, froidement, sans délire,
Il allait dénouer d'un seul coup de poignard
Sa vie en proie au mal et du doute martyre.
Elle retint sa main et calma son regard.

Elle dit : Votre tâche encor n'est pas finie,
Rodolphe ; comme moi, vous devez l'achever.
Nous avons effeuillé les roses de la vie,
Sans songer qu'au dessous l'épine peut germer.

Le ciel nous a punis. Si j'étais partisane
De le braver, c'était pour faire comme vous.
Ce dernier coup a su toucher la courtisane,
Et je me suis émue en priant à genoux.

Cet avertissement des vrais jours c'est l'aurore,
Qui rayonne pour nous aux éclats du malheur.
Vous songez à mourir, quand Dieu vous reste encore!
Il est le Dieu de joie ainsi que de douleur.

RODOLPHE.

Vous marchez sur les pas de sainte Madeleine.
C'est le genre inédit d'une âpre volupté.
Allez ! dans un couvent vous serez souveraine,
Car même devant Dieu doit régner la beauté.

REGINA.

Oh ! ne blasphémez plus.

RODOLPHE.

                    De cette double vie
L'éclat séduit ; c'est comme un radieux flambeau.
Vous avez accompli la première partie,
Que la seconde soit un triomphe nouveau.

REGINA.

Si je veux implorer la clémence céleste,
Dans mes pensers nouveaux tout triomphe est passé.
J'ai fait beaucoup de mal, un refuge me reste :
Des souffrants je serai la sœur de charité.

RODOLPHE.

Ton œil est séduisant dans cet étrange rôle.
Viendrais-tu quémander encor quelque faveur ?
Ma richesse ou mon nom ?

REGINA.

Quand mon âme s'envole
Vers l'horizon divin qui calme la douleur,
De tous anciens désirs je me sens délivrée.
Que ferais-je d'un nom pour ne pas le porter ?
Et par moi pourquoi donc serait-elle enviée,
La richesse qu'au ciel on ne peut emporter ?
De ces enivrements mon âme s'est guérie.
Ce que je veux de vous, c'est votre repentir.
Je veux combattre et vaincre au nom d'une autre vie,
Vous gagner à la foi, vous, du doute martyr.

RODOLPHE.

La mort est le seul bien qui nous guérit du doute.
Elle ne trompe pas ses plus humbles amants.
Va-t'en, je veux mourir.

REGINA.

Mourir ? Quand sur la route
De l'éternel pardon brillent les diamants?

RODOLPHE.

Sornettes que cela !

REGINA.

Connais-tu cette image !

RODOLPHE.

Ciel ! ma mère oubliée !

REGINA.

Et celle-ci ?

RODOLPHE.

Ma sœur !

REGINA.

Voici leurs traits chéris. Devant Dieu, c'est le gage
Qui pour toi plaidera, s'il fait luire en ton cœur
Le souvenir lointain de l'ardente prière
Qu'une mère t'apprit, qu'à tes rêves d'enfant
Elle te fit mêler.

RODOLPHE.

Ces rêves, ce mystère,
Je vais en voir bientôt l'inanité... Pourtant
Si sa voix disait vrai, si le doute, dont souffre
Le meilleur de mon âme en un frémissement,
Pouvait prendre une fin, comme ressort du gouffre
Le pauvre naufragé, triste jouet du vent,
Qui trouve après la nuit l'azur de la lumière
Et ne se souvient plus de ce qu'il a souffert.

REGINA.

Reviens à Dieu, Rodolphe : écoute, prie, espère !
Sois à l'orgueil humain un grand exemple offert.

XV

Et Rodolphe pleurait... Une larme sincère
C'est l'absolution, c'est le rayon du ciel.
Une larme du cœur, c'est plus que la prière ;
Elle écarte de nous toute trace de fiel.

Les femmes ont toujours une âme de poète,
Qui, malgré leurs écarts, les mène vers la foi,
Mais jusqu'aux pieds de Dieu rêverait de conquête,
En gardant de charmer les soucis et l'émoi.

Régina demeurait malgré soi la coquette
Qui passa dans le monde en jetant des lueurs.
Elle ne perdit pas, bien qu'elle fût ascète
Déjà, l'occasion d'être belle en ses pleurs.

Dans la séduction la femme vit et plane,
En régnant par l'amour ou par le dévoûment.
Cet ange et ce démon, prêtresse et courtisane,
Veut laisser à Rodolphe un souvenir ardent.

Son sourire semblait doux comme l'espérance ;
Elle lui dit tout bas, avant de le quitter :
« Je t'aime ! mais il faut conserver souvenance
» Que nous avons là-haut deux morts à racheter. »

Comme l'horizon se colore,
Depuis les monts jusques au val
Après l'orage, ainsi l'aurore
Du bien naît souvent dans le mal.
La femme toujours mène l'homme
Dans la joie ou dans la douleur.
Pourquoi s'en plaindre, puisqu'en somme
La suivre en tout, c'est le bonheur.

XLIV

SONNET A LA FEMME RÊVÉE.

L'aspect de cheveux blonds couronnant un œil noir
Est de ceux qu'en secret l'on rêve et l'on acclame.
Son regard fulgurait, puissant comme la flamme
D'un volcan ravivé sous l'horizon du soir,

Aurore de désirs qui laissait entrevoir
Les effluves du corps près des trésors de l'âme.
Son charme me semblait une lueur d'espoir.
J'aime l'heure où, suivant Balzac, brille la femme.

Dans leur ensemble il faut qu'on sente rayonner
La caresse du cœur et du corps pour aimer.
Comme l'on entend sourdre au bord de son cratère

La folle éruption qui couve en bouillonnant
Et qui veut, pour jaillir, un long embrasement,
La femme à son midi s'éveille tout entière.

XLV

APPEL D'AMOUR.

Sonnet.

Hélène, tu m'as dit que ta vie était triste
Et j'ai su deviner tes secrètes langueurs.
Il est pour te guérir une royale piste
De sport et de danger, de périlleux labeurs,

Qui vous fait tressaillir et sentir qu'on existe,
Parce qu'on aperçoit, parmi les spectateurs
Emus, des yeux tremblants de sympathiques peurs.
C'est un prisme enivrant que le rôle d'artiste.

D'un début sans pareil veux-tu tenter le sort ?
Tout péril fuit quand on envisage la mort
Sans pàlir. Près de moi, veux-tu briller et vivre ?

Ta splendide beauté sera mon horizon.
Le danger est l'attrait suprême qui m'enivre :
Je sais le dominer en toute occasion.

XLVI

L'APOTHÉOSE DE BERLIOZ A L'HIPPODROME.

Quand l'Hippodrome ouvrit sa piste étincelante,
L'art équestre semblait seul devoir faire loi
Chez lui, mais cette salle harmonique, vibrante,
Révéla son prestige acoustique, je croi,

Par hasard. Aussitôt le directeur, habile
Innovateur sachant tirer parti de tout,
Résolut d'exploiter cette route, facile,
A la condition d'être un homme de goût.

Le festival s'adresse à la note de l'âme :
Son succès éclatant est par avance atteint.
Charles Zidler choisit, outre un brillant programme,
Cinq cents exécutants. Séduit, le public vint.

Il exalta Gounod, Massenet, jeune maître,
Dont l'incantation fut un triomphe ardent,
Puis Ernest Reyer qui nous a fait connaître
Les œuvres immortels de Berlioz le Grand.

On vit Léo Delibe, un gracieux mélodiste,
Wekerlin et Guiraud, Joncières, Saint-Saens,
Produire tour à tour leurs beaux rêves d'artiste
Applaudis par des mains d'élite, doux encens.

Ce soir de Berlioz plane la symphonie,
Comme un chant séraphique en un reflet mortel.
L'opéra des *Troyens*, dernier mot du génie
Que la postérité doit sacrer immortel,

Puis les rhythmes de Faust, Roméo, Juliette,
Douces créations ou bien sombres accents,
Qu'avant d'aller au ciel sur terre l'âme jette,
Des lueurs du poète épanouissements,

Nous ont été traduits dans la pleine lumière
Que rêvait leur auteur jusqu'à son lit de mort.
Son âme a dû ce soir revenir sur la terre
Et tressaillir de joie à ce puissant accord.

Comme le calme azur vient après la tourmente,
La mort ne l'atteint pas ; elle l'a créé roi.
On salue aujourd'hui, radieuse et vivante,
Son auguste mémoire en un pieux émoi.

A peine sur son corps s'était-elle fermée
Cette tombe emportant un génie incompris,
Que le monde s'ouvrait devant sa renommée,
Que de son œuvre immense étincelait le prix.

C'était un novateur, c'était un romantique
Presque fatalement réservé pour souffrir
Et pour tracer la voie aux croyants. Sa musique,
Comme l'ardente foi, demandait un martyr.

Mais qu'importe, aux élus du grand art, la souffrance ?
C'est aux creusets brûlants que se forme l'or pur.
Les affres du martyre engendrent la puissance
Et les plus belles fleurs veulent un germe dur.

L'artiste resplendit en suprême victoire
Et lui seul est bien sûr de l'immortalité.
Il a pour horizon le prisme de sa gloire,
Les hommages vengeurs de la postérité.

Des heureux de son temps qu'importe le triomphe,
Et l'éclat passager, dont le règne est un jour ?
La mort emportera la richesse et leur pompe,
Effacera leur nom sans pitié, sans retour.

Pour l'artiste la vie est une longue épreuve,
Mais la mort vient en aide à ce noble souffrant,
L'Hippodrome ce soir en a donné la preuve :
Berlioz était mort et le voilà vivant !

XLVII

CONSOLATION

———

A MON AMI H. P.

La perte d'un ami te livre en défaillance
A la douleur amère, au désespoir ardent.
Henri, calme tes pleurs ; reviens à l'espérance,
    Reviens au sentiment.

Un prophète l'a dit : en quittant cette vie,
Ami, l'on ne meurt pas, l'on cesse de mourir ;
On renaît pour toujours et l'on naît sans envie,
    Sans crainte de périr.

Car nulle question alors et nul problème
Ne demeurent obscurs, ne tourmentent nos jours.
On peut dans l'autre vie, on peut à ceux qu'on aime
    Se vouer pour toujours.

Sans cesse on est heureux et le bonheur s'exhale,
Dans un long chant d'amour vraiment parti du cœur,
Vers celui qui se voit jusque dans le pétale
    De la plus humble fleur.

La vie alors n'est plus qu'une douce prière,
Où l'on confie à Dieu ses vœux les plus ardents
Pour ceux qu'à son départ on a laissés sur terre,
    Ses frères, ses parents.

Que ce penser si doux vienne sécher tes larmes.
Il a quitté le monde et son souffle ennemi,
Pour rejoindre le ciel sans crainte, sans alarmes,
    Fils pieux, tendre ami.

Il te secourt là-haut des biens de sa prière
Et, doux ange gardien invisible et présent,
Il t'aplanit la route, ainsi que fait la mère
    A son plus jeune enfant.

Il est vrai que sa fin fut bien prématurée,
Qu'il fut ravi trop tôt à ta douce amitié.
D'un père tant aimé, d'une sœur adorée
    Dieu n'a pas eu pitié.

Mais faut-il pour cela qu'à jamais t'abandonne
L'espérance en sa fleur ? Lorsque pour la vertu
Tout n'est pas dit sur terre et quand le ciel rayonne,
    Que désespères-tu ?

Espère, croie et prie ! Il est cruel sans doute,
A ton âge où la vie est toute sentiment,
De voir ainsi partir et te frayer la route
    Un ami si constant.

Mais un jour, noble cœur, tu pourras le rejoindre ;
Vous serez réunis d'immortelle union.
Ce jour n'est pas si loin. Hélas ! je le vois poindre
    Presque sur l'horizon.

Cette mort après qui tout ton être soupire
Viendra trop tôt peut-être accroître mes douleurs.
Que je puisse du moins entrevoir un sourire
    Dans le nuage de tes pleurs.

Entends ma voix et laisse un peu rentrer le calme
Dans ton âme obstinée à rêver le malheur.
A ton ami vivant il manquait une palme,
    Un suprême bonheur :

La palme qu'aux souffrants toujours un Dieu réserve
Et le bonheur qu'il garde au fils tendre et pieux.
Henri, que dans ton cœur, que l'espoir se conserve :
    Tu le verras aux cieux.

XLVIII

LE SON D'UNE CLOCHE.

A MADAME A... D...

Souvenir de sa douleur.

> Mon âme est triste... Hâte-toi de prendre
> la harpe que je puis encore aimer.. Mais
> choisis un air mélancolique.... Il faut que je
> pleure ou mon cœur trop plein va se briser.
>
> (Lord BYRON.)

Le son de cette cloche est un glas funéraire ;
Qu'il ravive en mon cœur de tristes souvenirs !...
C'est lui que j'entendis à la mort de mon père,
M'apportant ses derniers soupirs.

Dix ans plus tard, ma sœur, rose à peine fleurie,
Que j'eus dû précéder dans le sombre chemin,
S'envolait douce et tendre à son autre patrie...
    La cloche m'annonça sa fin.

Dix ans encor plus tard, terme fatal, un ange
Brise les durs liens qui retenaient ses pas
Au séjour des mortels, à leur terre de fange,
    Et la cloche a tinté son glas !

Cet ange était l'enfant par notre sœur laissée
Quand le ciel la ravit à l'amour de nos cœurs,
Riant fruit de l'hymen d'une triste épousée,
    D'un hymen tout semé de pleurs !

Nous l'avions accueilli sans crainte, sans alarmes,
Comme un gage d'espoir, un tendre souvenir.
Ce sourire d'un jour, qu'il a coûté de larmes !
    L'ange vécut, mais pour souffrir.

De son lit de douleur, quoi ! ta mère t'appelle !
Elle veut t'emmener, et pour dernier espoir
Elle demande à Dieu que tu meures près d'elle,
    Que tu la suives dès le soir !

Tous les tiens avaient pris ce vœu pour du délire
Et je l'avais reçu comme un cri de douleur.
Mes pleurs coulaient plus longs sur la pauvre martyre,
    Je sentais plus dur le malheur....

Ce délire, ce vœu, c'était la prophétie
D'un cœur prêt à briser les bornes qu'ici-bas
Dieu jette sur nos sens, comme une maladie,
    Dont le savoir ne guérit pas.

L'avenir s'ouvrait sombre à son âme immortelle
Et tout épouvantée elle appelait aux cieux
Sa fille qui bientôt devait, souffrant comme elle,
    Tomber sous un souffle odieux.

Je comprends aujourd'hui cette sombre parole
Qui t'échappa, ma sœur, dans les bras de la mort.
Souris, heureuse enfin! L'ange est pur et s'envole
    Vierge vers le céleste port.

Dans ce monde mortel, cette terre de fange,
Il passa douce fleur tranchée à son matin
Et vola vers le Dieu, refuge de tout ange,
    Son principe et sa fin.

XLIX

MORT DE MON AMI CHARLES BUGEAUD,
DUC D'ISLY.

———

28 Octobre 1868.

A Madame la comtesse Feray d'Isly.

L'annonce d'une mort est cruelle à tout âge
Et l'on verse toujours des pleurs sur un tombeau,
Mais quand celui qui meurt passe, si tendre image,
    Cœur si noble et si beau ;

Lorsqu'à peine à trente ans la main de Dieu cruelle
L'enlève à notre amour encor plein d'avenir,
Et qu'il nous laisse en proie à sa plainte éternelle,
    A son dur souvenir,

Qui de nous n'est ému jusques au fond de l'âme,
Qui ne sent remuer les fibres de son cœur,
Et qui peut retenir les pleurs que lui réclame
    L'élan de sa douleur?
....

Alors qu'il va monter vers les cités promises
A l'homme dans les cieux, dans l'immortalité,
Pleurez-le, vous sa sœur! Les larmes sont permises
    A votre piété.

Encor s'il eût trouvé sur le champ des batailles
Le trépas que peut-être appelaient tous ses vœux,
Son grand nom aurait eu de dignes funérailles,
    Un linceul glorieux.

Sans souffrir il eût vu se briser les entraves
Qui retenaient son âme au séjour d'ici-bas,
Il fût mort triomphant, comme meurent les braves,
    Sans reculer d'un pas.

Mais le sort a voulu prolonger sa carrière
Trop et trop peu. Mon Dieu, fallait-il qu'il souffrît,
Fallait-il que, martyr à son heure dernière,
Il mourût dans son lit?

Résignez-vous pourtant. Quand Dieu parle et commande,
Nous devons obéir sans murmurer jamais.
Adieu, mon duc d'Isly ! Que ton âme descende
Dans l'éternelle paix !

L

A MA FILLE MORTE A CINQ ANS.

1er Juillet 1873.

La voici donc partie à l'aube de son âge,
Comme un parfum du ciel trop suave pour nous.
Cette fleur ici-bas n'a pu trouver d'ombrage ;
    Son beau calice était trop doux.

Qu'elle est belle en sa mort ! Quel ravissant visage !
J'aime le pur éclat de son œil s'éteignant :
Son front semble rêver d'un céleste mirage...'
    Elle souriait en mourant.

Enfant, souris et dors. Quand tu nous es ravie,
Qu'un trop lourd monument ne pèse pas sur toi,
Mais qu'autour du gazon, toujours fraîche et fleurie,
    La rose calme notre émoi.

5

Qu'un cyprès, si touchant dans sa mélancolie,
Sur tes restes aimés suspende son rameau,
Près d'un lis blanc et pur, image de ta vie,
Donnant la joie à ce tombeau.

Un ange comme toi sur ta beauté glacée
Avec un soin pieux entretiendra ces fleurs :
Ta mère arrosera d'une tendre rosée
Leur étamine avec ses pleurs.

TABLE

Périgueux, Dupont et Ce. — Av. 79.

OUVRAGES DÉJA PARUS

DU MÊME AUTEUR :

LE CIRQUE FERNANDO

Études sportives en prose.

CHANTS D'ARTISTE ET CHANTS D'AMOUR,

POÉSIES.

SOUS PRESSE

ÉTUDES D'APRÈS NATURE,

POÉSIES

FANTAISIES DE POÈTE

POÉSIES

ARTISTE ET GRAND SEIGNEUR,

Proverbe en trois actes et en prose.

COMMERÇANTE ÉHONTÉE,

Grand-roman de mœurs actuelles,
dout l'action se passe pendant la guerre de 1870.
et la Commune de 1871.